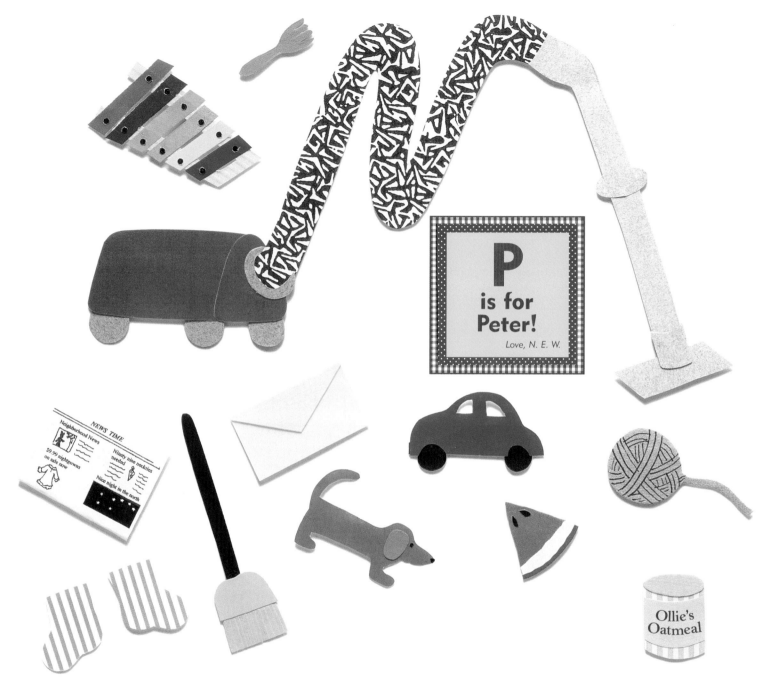

P is for Peter!

Love, N. E. W.

Marshall Cavendish
99 White Plains Road
Tarrytown, NY 10591

www.marshallcavendish.us

Library of Congress Cataloging-in-Publication Data
Wallace, Nancy Elizabeth.
Alphabet house / by Nancy Elizabeth Wallace.
p. cm.
ISBN-10 0-7614-5192-7
ISBN-13 978-0-7614-5192-1
1. English language—Alphabet—Juvenile literature. I. Title.
PE1155.W25 2005
428.1'3—dc22
2004025737

The text of this book is set in Geomeric.

The illustrations are done in origami and found paper.

Book design by Virginia Pope

Printed in China
First edition
2 4 6 5 3

mc Marshall Cavendish
Children

Zsu Zsu's **Zoo**

Come visit!

Alphabet House

Written and illustrated by
Nancy Elizabeth Wallace

Marshall Cavendish Children

This is the family that lives in the Alphabet House.

Grandpa Mom Ziggy Zeke Zinnia Grandma Zoe Dad Zack

Come inside,
look and see
things that start
with **A** to **Z**.

Aa

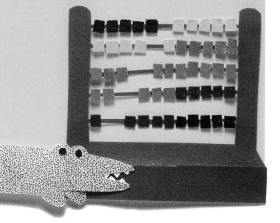

Bb

Cc

Dd

Ee

Ff

Frankie's
Fish Food

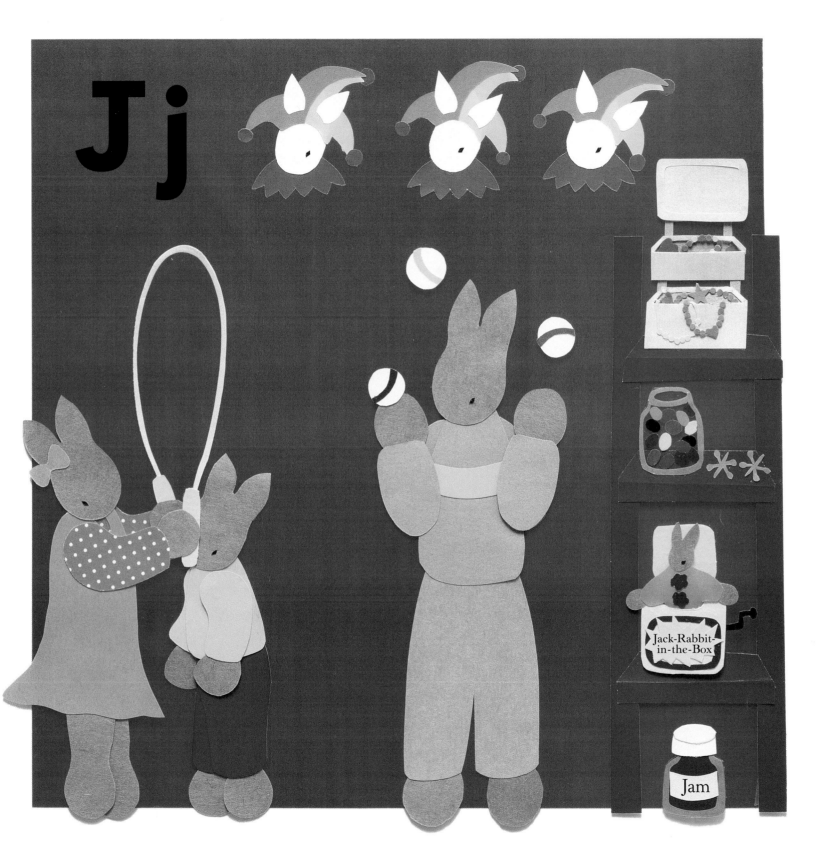

J j

Jack-Rabbit-
in-the-Box

Jam

Kk

Kitty Kite

King Kite

Qq ? ? ?

S s

Tt

Uu

Ww

Yy

YIELD

Zz

Zsu Zsu's
ZOO

Come visit!

ZERO 0
ZOO admit one
ZERO 0
ZERO 0
ZE 0

Can you find . . . ? **Aa** * abacus * acorn * airplane * alligator * alphabet book * anchor * ants * apples * armchair * **Bb** * balloons * baseballs * basket * bat * beak * bear * bed * bedspread * bee * bell * belt * bird * blinds * blocks * book * boots * bow tie * box * broom * buckle * bus * butterfly * **Cc** * camera * cards * carriage * carrots * cars * cat * chair * cloud * comb * computer * crab * cuckoo clock * cupcakes * curtains * **Dd** * Dad * desk * diamond * dinosaur * dogs * dollhouse * dolls * door * dragon * drawers * drum * drumsticks * duck * **Ee** * eagle * easel * egg * elephant * envelopes * eyeglasses * **Ff** * family * fan * fireplace * fireplace screen *

fish * fish food * fish tank * flag * flashlight * flowers * footstool * fork * frame * frog * **Gg** * giraffe * glass * globe * gloves * goat * Grandma * Grandpa * grapefruit * grapes * groceries * **Hh** * hammer * handkerchief * hanger * hats * hearts * hexagon * hippopotamus * hockey stick * hoe * honey * hooks * hula hoop * **Ii** * ice cream * ice-cream cones * icicles * igloo * initials * iron * ironing board * **Jj** * jack-in-the-box * jacks * jam * jar * jelly beans * jesters * jewelry * jewelry box * juggler * jumper * jump rope * **Kk** * kangaroo * kerchief * kettles * key ring * keys * kilts * king * kites * kitten * **Ll** * ladder * ladybugs * lamb * lamp * lamp shade * laundry * laundry basket * laundry line * leaves * lightbulb * light switch * lion * lips * lollipop * **Mm** * magnet * map * maraca * marionette * masks * megaphone * mermaids * milk * mirror *

Mom * moon * mop * mouse * mug * music * **Nn** * nail * necklace * necktie * needle * needlepoint * nest * net * newspaper * night * nightgowns * nine 9s * note * numbers * nutcracker * nuts * **Oo** * oatmeal * oatmeal cookies * octagon * off * olive oil * on * onions * oranges * oven * oven mitt * owl * **Pp** * paintbrush * paints * palm trees * pans * paper * pea pod * pears * peas * pencil * piano * pie * pigs * pillow * pitcher * plate * pot * pot holders * pumpkin * puppet * **Qq** * queen * question marks * quilts * **Rr** * rabbits * radio * rain * rainbow * rectangles * recycle * refrigerator * reins * rings * robin * rocking horse * Rollerblades * rolling pin * rose * rug * **Ss** * scarf * scissors * sewing basket * shirts * skirts * sleeves * slippers * snail * snake * sneakers * snowflakes * socks

* sofa * spools * spoon * stars * stool * strawberry * stripes * sun * sunflower * suspenders * **Tt** * teapot * tiger * tissues * toilet * toilet paper * toothbrush * toothpaste * towel rack * towels * tow truck * train * triangles * tulips * turtle * twins * **Uu** * umbrellas * underwear * unicorns * unicycle * **Vv** * vacuum cleaner * valance * vase * vest * vine * violets * violin * V-neck sweater * **Ww** * wagon * wallpaper * walrus * washing machine * wastebasket * water * watering cans * watermelon * whale * wind * window * wristwatch * **Xx** * x (marks the spot) * X-ray * X shape * x x x x x * xylophones * **Yy** * yak * yardstick * yarn * yield * yo-yo * **Zz** * zebra * zero * zigzag * zippers * zither * zoo * zoo tickets *

Can you find more?

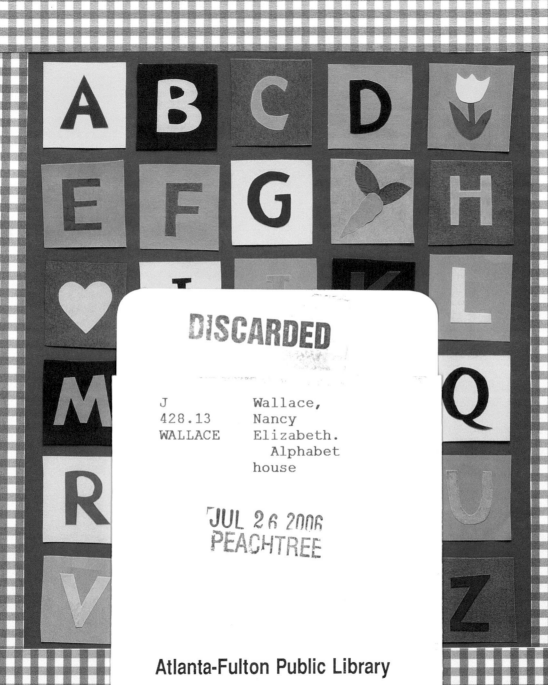